春晚风吹动香椿树

高艺宁 著

南京出版传媒集团 南京出版社

春晚风吹过香椿树

高艺宁 著

南京出版传媒集团 南京出版社

图书在版编目（CIP）数据

看晚风吹动香椿树 / 高艺宁著. -- 南京：南京出版社，2021.5
　　ISBN 978-7-5533-3292-5

　　Ⅰ.①看… Ⅱ.①高… Ⅲ.①诗集－中国－当代
Ⅳ.①I227

中国版本图书馆CIP数据核字(2021)第080756号

书　　名：看晚风吹动香椿树
作　　者：高艺宁
出版发行：南京出版传媒集团
　　　　　南 京 出 版 社
社址：南京市太平门街53号　　　　邮编：210016
网址：http://www.njcbs.cn　　　电子信箱：njcbs1988@163.com
联系电话：025-83283893、83283864（营销）　025-83112257（编务）

出 版 人：项晓宁
出 品 人：卢海鸣
责任编辑：陆　萱　刘　娟
装帧设计：张　淼
责任印制：杨福彬

排　　版：南京新华丰制版有限公司
印　　刷：南京工大印务有限公司
开　　本：787 毫米 × 1092 毫米　1/32
印　　张：7
字　　数：106千字
版　　次：2021年5月第1版
印　　次：2022年10月第3次印刷
书　　号：ISBN 978-7-5533-3292-5
定　　价：38.00元

用微信或京东
APP扫码购书

用淘宝APP
扫码购书

目 录

1

一月　你来得不晚也不早

*

世界温柔，或是糟糕

*

日子其实挺旧的，拿在手里，像一枚生锈的纽扣

*

植物的根，在地下穿越了多少里程的旅途
我们只是叶子，在枯萎的时候，比生长还要高兴

*

已经没时间治愈了，能够把药揣在兜里
继续走一段路，见一些人，就已经足够了

*

予我苦海清甜里浮沉，随时亦即永远的情人

*

岁月极深情，但你我是匹夫

*

我仍需以我的困惑来度日，或我的心机
我的无知，我也仍需被解救，仍需被开化
事实就是，无论时隔多久，我都渴望被爱

*

年轻人，你一旦开始装深沉，别人就不喜欢你了

*

你来得不晚也不早，且看我兵败如山倒

*

有时深感自己仿佛只是一架无能为力的机器
而蝉鸣已是去年夏天的事

*

我希望给你的是一些我的真心实意
让你可以闻到我的心是黄油煎苹果的香气

*

迷失只是别人给下的定义，迷失的人，从未迷失

*

如果是走长路，并且把一首歌真的听到心里去
那么无论眼前的风景如何，都会觉得鼻子酸透
闭上眼，道路宽阔笔直，年轻人也会有眼泪流出

*

雪地里的枕头，会有人愿意枕着它，睡漫漫长夜吗

*

那些所谓荡秋千的人其实能够得到什么呢
荡秋千的人什么也得不到，只是如同树叶般摇晃

*
一定是不理解你的人多
而后是愿意理解你的人寥寥

*
于是我让你细看了，你说对不起，没有想象中好

*
破路霓虹，走多了，也看倦了
长路漫漫，已然为任何人，都生不出任何心情

*
人们喜欢的是存在于你身上的很奇怪的点
人们喜欢的是，在无关的人身上，看猴戏的脸

*
是自愿爬至理想的高楼，并且不需要台阶

*

我渐渐开始明白，似乎有两条船，就可以忘记一条河

*

微笑有时是无能的，微笑只是为一个频频悲伤
又不好表现出来的灵魂，掩面罢了

*

当今早颠簸的汽车又一次躲过太阳，驶入黑色隧道
我的心也又一次陷入明年春天，忘记所有，一派光明

*

世界很大，你愿意领悟什么，什么就被你领悟
你领悟到什么，什么就是你的，至于那些领悟不到的
到最后你也会发现，其实根本就不需要领悟

*

祝早日醍醐灌顶，去看更深更好的风景

*

我一向，装傻装得很好

*

谁心存幻想，我就笑话谁

*

可是很快我就给他们看了全部的我自己
很快我就匍匐在地上，再也穿不上衣服

*

有人说那是一场微黄的午梦，但我觉得那是人生极沉重
却又常常被轻浮所窥见的，一个幻想的裂缝

*

千里迢迢，在路上了

*

已谢幕小狗，不需要快乐

*

九岁那年，我用月亮为你起名，你叫蜻蜓

*

没人陪我到最后，站在最后的人
是因为恰巧出现在最后

*

我们确实不能说自己生来就是为了遗憾
但也不得不承认，人有时候也确实就是
为了遗憾而存在的

*

我有时多么希望自己的脸也能够长成暮色中
那只小麻雀发呆但是脸颊却红彤彤的样子
语言足够多，希望你日后开心

*

我不坦然，但我接受

*

发生在你我之间，确实不怎么新鲜

*

小绵，你的手脚凉透了
这么多年，你一直都这么冷吗

*

你来时，平原正缓缓度过秋冬
我们的心中长出一些果实，是很渺小的个体

*

城市止于淡薄的一日，从此胸中再无旗帜

*
我想我发过的毒誓是没有用的
我说的每一句话，都是空话

*
走一走就还是要回去的，你这一生
有故乡，有父母，你不可能永远留在外面的

*
是哦，我凭什么以为我在你那儿
会是一个与众不同的人呢

*
勇气是越来越少的，时间也是，不知道具体是哪一件事
最终刻画成这样一张脸，每一声叹息
都在长成一个人更为难堪的生命

*
而命运，命运是你受伤的膝盖

*

我这种人，是哪种人

*

好想你啊，张牙舞爪，又是一年

*

是啊，你多潇洒啊，你能在冬日午后
开着暖气的屋子里呼呼大睡，醒来后
干吃一盒你最爱吃的香草味牛奶冰激凌
世上谁能牵绊得了你呢

*

历经盛大无意义，悟得风雪不由衷

*

虚构我十年朝野没征兆，十年不放过，区区一照面

*

有人说大雪纷纷，但你知道，与你无关

*

的确是会发生很多，但无一重要
重要的是在经历很多之后，我们是否还愿意坚守

*

时间的刀，砍得不够精准，放在人身上，就是残忍

*

未必渡河，但渡河的过程，必然折磨

*

或许是在世人微笑的脸庞里，从未得到过分毫
所以才常想能够带自己的真诚，做一场离经叛道的出逃

*

自以为深刻，喜怒无常
想想这世上，几个人看得见你

*

所有那些被夺走而不自知的生命，都是误解，是衰老
在错题里老死，有时也算是很大一部分，人生真相

*

要匍匐，要求索，要去攀缘的
是宇宙级别的，慈悲与美好，懂吗

*

日历把今天撕过，时间就变为废纸

*

你想我了，你一直都在忘着我

*

是要等多年以后幼稚不再
才知幼稚乃是必经之路

*

我想你最擅长的，应该是一种演绎出来的善良
是一种类似于表演的欲望，而非真真正正的体谅

*

有时就会很想做道路两旁或者草丛里的，那一点点积雪
化不化都没关系，化了就像没活过

*

俗不可耐的怀里没有你
被凌迟，被怀疑，再看谁爱你

*

昏鸦最适宜站在屋檐，与风、与暮色相连
三千里外城门，侍女的眼泪，是会有一点咸

*

小绵，今冬雪满，树树竟已有绿意
世界空旷，节日将至，我不希望你孤独

*

小绵，记忆已经十分可笑了

*

小绵，我们的梦境和身体都空荡
以至于世界显得不真实，但是我会一直放荡
直至我放荡地走进你的心里

*

我用力过猛，我做了一件错事与败事
我还想再努力，但我已经无法再努力

*

你要赢，不光是硕果累累，而且是万般皎洁

*

冰霜上涌，归期无限

*

我只会看雾，我不会说话

*

清醒的次数有限，大部分时间用来沉浸
感动，或是麻木，不知所以，却又自然而然

*

没有旅途，也听不到二十三岁这一年
有关命运，以及任何的风吹草动

*

冷漠、疯狂、不解释，日日所做的
只是用心超度自己的灵魂

*

新的一年樱花蓝色，闻花小熊祝你快乐

*

你当然是感动，前途未卜时，有人沉舟爱你

*

我以为某种生活必将愉悦
然而最最放不下的，却也只是，露水情缘

*

……提及缘分，而缘分还相当稚嫩

*

会有炊烟，啄碎如是，你随春夜，如期而至

*

美梦怡人，却不常做

*

功过难相抵，不认识最好

*

某天你会想起我，肉桂红酒煮苹果

*

冰冰凉的榴梿爆浆蛋糕，我没吃，留给你了

*

新的一年，新的摸爬滚打，我们一起

*

不回头，不回首，我命是漏斗

*

时间蠢着过，未曾见谁聪明过

*

穿越人群，风霜不躲，受伤的人始终，咀嚼糖果

*

一定是要那种发自内心的真实，我活着就是为了这种真实

*

我在我的胸腔孕育一种敏锐，我的善良，摇摇欲坠

二月　　与君今日逢，皆是小浮萍

*

想说的事情那么多，但真正说出口的
无非是每日关于季节的寒暄

*

越用力越显丑陋，声音在铁盆上震动
我被大雨淋湿了，像一件刚刚洗过的衣服

*

在不同的池塘上有同样姿势的鸟，会被孩子们误认为
是同一种生长，看到那疲惫的夕阳里的士兵
还要在车上蜷缩多久才归家

*

像是阳光底下瓷砖被踢去的一角
我一想你，心就变小

*

把被生活摔碎了的东西捡起来
重新安回生活，笑脸嘻嘻

*

三五年后，各自成家

*

爱你不是我一开始就有的勇气
爱你是我活到二十多岁半路生出的勇气

*

你的岸是岸，我的岸也是岸
我们之间隔着的是海和海的，一百零一次心颤

*

在这条长长的街道恍惚一分钟
在下一条街道呆呆定下明天想你的闹钟

*

与君今日逢，皆是小浮萍

*

灵魂躲在眼睛后面看着

*

没有特别好的春天，爱过之后就都不新鲜

*

我像是吃了一口芥末，更像是吃了一口寂寞

*

很多事情的真相其实就是，有所图
你能想明白这个，就能想明白很多

*

生命的质地是雨后泥土
是你自童年时起就无处安放的双脚
直至多年后你有了记忆
知道了有一种叫作痛苦的东西的存在
才开始把这一切，又都叫作泥泞

*

道路无趣，我亦无趣

*

似乎每个人都是在被别人骗来骗去的
而我第一个骗的人，是我自己

*

我那时候很快乐，完全不知道自己是走了错路
现在想想如果还能回到当时那种快乐
我已经完全不在乎，错路究竟，是否为错路

*

生活是渺小的，但你尽管可以，夸下你的海口
寻找你的热爱，你是怎样，生活就是怎样

*

很多人笑话我，但笑话就笑话吧
在这个世界上，我只维护我和我阿湛的尊严

*

天黑下来，山高而又路远
你可以把心放在肚子里
因为我爱你，空泛而又柔软

*

其实对于很多事情来讲
走到头不是意义，走不到才是

*

你不是今天才失去的，你很早就失去了
只是今天你才意识到，说起来我不怪你失去
但我怪你愚笨

*

也许你这一生都会很废，但这并不耽误
你一生都会是某个人的宝贝

*

那一刻，我知道自己有一种热泪盈眶的感觉
我的心明亮起来，整个世界都明亮起来
这是在他离开之后我第一次有这种感觉
啊，我就要忘掉他了

*

他渐渐偏离我的思索，成为别人的月亮

*

日子有点苦，你去街上回来，给我买一斤甜

*

生活教会我什么了，生活什么也没把我教会
日日所做的一切只是出于本能，并时时在沦落为基因
以及欲望的傀儡，所以我永远不期待明朝
亦永远不挑，永远只在梦中刻画最柔软的无脊椎
永远只从最初的无机物里，寻找昨天

*

在我这种小人物的心里，其实从根本上鄙视那些道理

*

太阳落山了，你出来，我们道个别吧

*

一场颠沛，俗世幸会

*

逢人之说爱，悦己之独白，长跪听经幡，经幡只恋风

*

你是在浪漫中驻足，你只看了一眼浪漫
从此便就有了，些许的伟大

*

在发现手指又长出新的疤痕的那一天
听到自己已经久违了的灵魂说话

*

救赎是有的，但不是你的

*

人与人，相唾弃，相着迷

*

他不是来拯救你的，他是来笑话你的

*

如今已经很少有人能够戳到我的痛点
感谢曾有那样一张脸多年来供我沉湎

*

然而世事是这样子的不成熟
我还没开口就成为一片滩涂

*

你不过是你的名字枯骨枯寂枯木逢春
枯啾啾的集市里拾不起一地破碎的自尊

*
你以后还会那么在意一个人吗，应该不会了吧

*
不要指望下辈子幸福，人没有下辈子
有的话也只是在重复这辈子

*
是在梦中再一次回到某个风吹雨打的下午
我跟你，我们一起笨拙地逃走

*
以前我也在意很多人
但现在我不想做任何人退而求其次的选择

*
你以为你会幸福，结果你以为错了
但是没关系，在你以为你今后会幸福的那段日子里
你已经得到过一遍幸福了

*

是茶凉了才更好喝吗

*

一个人的时候，好像连表情都是可憎的

*

有一个黄昏我哭红双眼，看到灵魂有张厌世的脸

*

有时我也迷恋我自己的卑劣
觉得没了这卑劣我便不能快乐地苟活
是的，我不光要苟活，我还要快乐

*

我爱什么
我大概是爱这世界雨水纤细，山河满溢
爱被爱者的语无伦次
爱这世间一切的一切都那样无可希冀
但总有人手捧鲜花说他愿意，那么是的，我也愿意

*

事是不是总要与愿违

*

你来自过往，与心脏接壤，是一片衰草

*

好多事如果我想做就不需要理由，天意不回头

*

所以你要么就早一天学会如何能够漫不经心地去爱一个人
要么就直接不爱，永远放弃寻觅本身就很虚幻的爱情，这样才好

*

开始的时候别纠结，结束的时候别恋战
过程里你喜欢什么，就大胆追求什么
过程里世人教会你什么，你就公平地还给世人什么

*

时间有用，在其虚空，万头攒动，有苦无功

*

苦厄千里外，笑靥在眼前，四季皆已备，谁带万物来

*

你说世事难吗，世事不难，但有些事，有些人，有些地方
你就是这辈子都做不到，见不到，也去不到，无论在别人眼中
它们容易与否，慷慨与否，遥远与否
但在你这里，你就是一辈子都够不到

*

道理在被当作道理明白过来的时候，它已经无用了

*

恭喜我又获得比上一次更完整的心碎
灵魂落在我身上还不如一床像样的棉被

*

人生败果，溃烂有心

*

我都快要忘记了，可是忘记了，就又会发生什么呢

*

缘分当然是有，但是不多，见一面就用完了，再也买不到

*

你总是要吹过各种各样的风
然后让最好与最坏的风
一丝不漏地，吹硬你的心

*

我终于开始知道自己是个自私鬼
但知道得太晚，已经没有改过的机会
审判的这天才刚刚来到，我就又由一个自私鬼
变成一个胆小鬼，这辈子还在爱着我的一切
不管怎样，下辈子都请不要再摊上我了

*

人不能太快得知真相和本质
太快得知真相和本质的下一步必然是
伤心和无味

*

或许到最后每个人都会以特别遗憾的方式离场
我们猜不到别人的，更猜不到自己的，这世上
可以用真心来形容的东西其实很少，但一定包括你清晨
掉落的，那两滴只有你自己知道的，是为谁而落的泪珠

*

五分钟的车程，三分钟时下车
我当然无权拒绝，也无力追求更多
我下车了，祝你一路顺风

*

可能人在年纪小的时候，确实是会理解错一些东西
随着年龄增长，有些错误被纠正过来了，有些没有
那些错误的，你可以说它是错了一辈子，也可以说
那就是对的，一生如此，何错之有

*

而我无意成为主流，但愿做坍塌的奶油

*

而结局一定会是生动的吗

*

终于有一天你又一次看透了别人的脸色
也正是在那一天你悲哀地发现，这么多年
除了看别人的脸色，自己早已做不了别的什么

*

最终你什么都得不到，除去天地间，唯你独有的洞见

*

是一头小鹿受伤的肩胛，金鱼吻过夏天有花的悬崖

*

我不会觉得累，从今天开始，我就练习放弃

*

我开心吗，这重要吗

*

可爱是不需要自夸的，需要自夸的是伪善和心虚

*

初心的确是有的，但最终也的确是没了
理想落空对人的渗透，总是杀人不见血的

*

能够想象吗，你的风筝，飘在天上，你的甜头，就要来了

*

放在心里是心事，放在脸上是表情
你其实也不是虚假，你只是矛盾

三月　浑圆落日，橘色云端，小绵，你住在那里吗

*

浑圆落日，橘色云端，小绵，你住在那里吗

*

用咖啡送服了感冒药，希望今晚能顺利做一个，白痴的梦

*

想要快乐，想要到哭了，但快乐就是没有

*

就着海风吃一个橘子，橘子很酸，我一咬
眼泪就流了出来，都怪这橘子太酸了，酸得吃它的人
满腹委屈，唔，烂橘子，这么多年了，你真的浪费我
好多好多感情

*

我想我们的心脏应该是一种不透明的介质
我们的身体靠在一起就组成两座温暖相连的城市

*

世界空虚，时至如今，依旧空虚

*

今天的夕阳，好像一个巨大的，来自巴洛克时代的士兵

*

好多年过去了，不相信命运的人，也开始相信命运了

*

无论如何我都只能是我，即使出生的
那个人不是我，活到现在，也成了我

*

人在对待自己不喜欢的事物的时候
会有一种意料之外的残忍，我觉得这是天性
因为被别人这样对待过，也这样对待过别人

*

渐渐滚落山坡，渐渐无话可说

*

我过完我的一生，你可以用我，为你挡一点风

*

那种感觉是好的，是一生里面很难得的感觉
像一只海鸥碰到另一只海鸥，它们有的只是大海
就像你也只是在人海中碰到另一个人，就有了恋爱的感觉

*

此后你将患上新的疾病，服下新的药物
你收藏的那些树影，从此属于另一个孩子

*

也许只等这一趟飞机落地，就会有你等了多年的运气
也许你是真的不能再见到记忆里的那些人，但是面向未来
你也会在今天或者明天，就匆匆遇到意料之外的惊喜
且在飞机上睡个好觉，我们在地面等你

*

注意不要失衡，纵然你知道自己经历的这些
都将可能万劫不复，但是注意，不要失衡

*

过好最后的日子，随时可以告别，并且心不后悔

*

心死其实还是需要几个瞬间的，好几个那样的瞬间重叠起来
造成一个彻彻底底的，不想再跟任何人谈论及解释的瞬间
然后在经历完那个瞬间过后，就慢慢变成另一个人

*

你只看到那些所谓明亮的、干净的，却没有看到那些
腐烂的、阴暗的、悲哀的，当这些你还没有全部看到
你就不能说爱

*

有些事你大可以做不到，因为并不是所有人
都配对你抱期望，做不到又怎么了
做到了也跟他们没关系

*

唯有看过很多，才知冷漠，何尝不是人间正途

*

很多凭空冒出来的热闹，我是不需要的
不光不需要，还会特别想要赶走

*

我们的身体也不过是像服装店里惨白僵直的塑料模特吧
只是灌进一口热气和鲜血，就标榜自己是深情
有什么必要呢，不如说自己是鲜花和仓鼠

*

朝朝暮暮，不逃不避，是荼毒

*

生老病死其实是令人欢喜的，没有旁观者
全是参与者，与君相携，敬畏踏足其中的生机与死寂，足矣

*
结束了吧，结束了，我要走了

*
其实没有谁对不起谁，我们本身就是在相互冒犯
我们这些人不过都是误入儿戏的小朋友
不要说情深义重，因为配不上

*
回得去吗，当然回不去了，苹果掉在地上，被乌鸦叼走了

*
她没有说别的，只是说她累了
以后不愿意再做任何与千里迢迢有关的事情了
那个人的事情就留给那个人自己吧
她的心满了，不愿再管了

*
昔年盛景炉火熄，一滴热泪两行轻，人生未死死而生

*

可能我所说的只是一种幻象
但我总觉得幻象也存在，没理由不存在
幻象包含了我的生命

*

让过去过，让未来来，我不要让无常找到我，我要找到无常

*

你会在哪里安息落地，成为一座瀑布，或者角落

*

江海何以慰泥螺，烟花之夜尽湿婆

*

寒冰解冻时，爱人已无踪

*
昨天才被风吹散了的理想
今天就继续顶着一张大脸，又烫又软

*
穿堂风穿过胸腔，一面是心脏，一面是他乡

*
因为心存幻想，日日手舞足蹈

*
可惜呀，偏偏有些人的生命，不光很迟钝，而且很孤独

*
既不成熟，也不稳重，痛定思痛，思完不痛

*

不得不说有一部分悲痛，其实是演给自己看的

*

自你走后，我常空瓶，盛以鸟雀心脏，无常天晴

*

我无本心，流着泪，被世事拿走几斤

*

何来感同身受，一方是谄媚，一方是聒噪

*

谢你经停我肋骨，一朝风云满，满心伤欢喜

*
觉得有很多事情自己无能为力的时候，我就哭了
眼眶很沉，鼻子很酸，但哭哭也就好了
哭完了我还要继续赶路，我不是脆弱的人

*
而春天给你少年的悼词，狐狸的外套，蚰蜒的糖

*
我们把肚子吃撑，像两只熊一样在夜里散步、吹风
我想那个时候的我们一定都还很爱对方，如此才能
看路过的每一个人都幸福

*
春风鬼怪的舌头，巨大而又湿漉漉地舔过一切
我们就这样分一点蛋糕吃吧，把香气留给晚上

*
时刻记住了你不可能走进她的内心
她的本质只是一个冷淡的玩咖

*

的确是在反反复复把自己逼入到某个境地
而后反复确认只有在这般境地里的自己才是自己

*

世界是街道，空房，硕大而又橙色的，落日的余晖
我来自哪里呢，我来自二十三年前，一颗樱桃落地的瞬间

*

是挥洒在这个世界上的越来越多的巧克力粉末
甜味不起作用，我爱你，世界变苦一点点

*

察言观色，你是多汁，还是苦涩

*

不入流的黄昏，末世黄昏，人们行走在
孤独的麦田的胃里，被这样的记忆全吞

*

视爱情为正义，说明你还幼稚

*

能够感受到自己的内心仿佛被灌了水泥般地
逐渐硬化，而那些锤子敲打它的声音使我感到兴奋
是啊，有壳的东西，终于长出来了

*

无一事值得亲近，事与事只想远离

*

时间为人所浪费，但时间无所谓

*

而当你又一次敏锐地察觉到
你如今所处的某个环境
依旧是与你的一切精神和理想都在背道而驰时
痛苦就产生了

*

终其一生，都是成为不了糖果，或是薄纱
或是寒风吹拂时，一只不死且自由的蝴蝶

*

慈悲是对的，无求也是对的，人生到最后
最好的东西如果不能是欣慰，那一定是解脱

*

别来有恙，耳光响亮
能悄悄红透眼眶，就不算白走一趟

*

以后如果还有人问你，你就说
你最擅长的，是自取其辱

*

热情死掉，剩我一个人，阴郁胜利地冷笑

*

聪明人，人人都是，你不是

*

一条路能够走多久，走多远，要看天意
越长大越发现，很多都是儿戏，只有天意难违

*

我很想再看看你，但想来想去都是上帝视角
似乎是一辈子都不能再见面了，说起见面
我曾经好想就坐你对面，吃一碗热腾腾的细面

*

今天的天气很好，站在窗前
世界于我仿佛只是一场，很宏大的温室效应

*

希望总是不止一次地破灭，直到最后破灭的不再是希望
而是我们自己，可能所谓快乐，便是从我们不再抱希望的那
天开始

*

人来人往，不切实际，你离你去，极富意义

*

春风不度玉门关，人间到手很一般

*

我们是否本该拥有，某种喜出望外的一生
越是礼崩乐坏，越是喜出望外

*

可怜我那些暗夜折花的侏儒，也曾为你
独造过一百零一级浮屠，但可怜就是可怜
可怜者不配幸福

*

以前想的是不遗余力，现在想的是留些余地
我想我变了，我想你也是

*

你还如此年轻，你该信仰新欢，信仰暗礁，或是险滩

*

你手握温暖的红枣把自己融为胭脂和笼鸟
你剪碎干枯的稻草把自己扬成昨天和祈祷
你真好，而我也全部都知晓

*

相识鲁莽，春风叫嚷，苦恋一场，豁然开朗

*

诚然尽是因果，繁花裸去千朵
那些过客见我，那些日子知我

*

珍惜旁人眼里不成器，你却深觉快乐的日子

*

现在是连迁就都不想迁就了

芸芸众生，无人值得我牺牲

*

时间应该是竖直的，我们都是从竿上掉下来的人

*

向生命讨永恒，也并非人人都能上的断头台

我们只是枉死

*

你一定是会越来越理解，到底何为大梦

你虽是个孩子，但你本身也是朝着醒的方向去的

*

注视某种花开，它是不动摇的吗，如果是的话，那它就是好的

*

这是我人生三万日里，曾与你一起度过的
八分之一的时日，人生多好啊，有牵挂，有思念
你走了，还是附着我此生那么深，那么深的业力

*

也许是每一次的告别都在使我更加认清自己
到最后我竟热衷于告别，也只剩下告别

*

凡事不可期，凡期必相欺，凡心不可动，凡动必相痛

*

而你恰好在这，黑色的衣服，黑色的谷堆，黑夜的里面

*

冷眼旁观，我做得还远远不够

四月　海边的风最后一次为你拍照

*

海边的风最后一次为你拍照
留下来，爱情就会像一块淡黄的奶酪

*

我心岂能没有异常，它好不容易找到你，你却把它搁置一旁

*

你睡了，头发枯黄，睫毛短长
你睡吧，梦中没有天堂

*

路一定是渐渐明朗起来的
只是走在路上，你就得到很多

*

所有人都能在夜里轰然睡去，只有你不能
因为你心软，他们对你没有愧疚感，更别提负罪感
你消失以后他们过得很好，你消失又出现的意义不大
真的不大，如同没有

*

事无可做，日日演戏般
假意推动着个人命运的进程

*

会有无数个坐在车上看黄昏的瞬间，手指隐痛，未来闪烁
云朵永远都是大朵，但时间却不知是好是坏，心也忽明忽灭

*

某一刻的亲密，真是不算什么
我们都是动物，会变心的动物

*

空虚总归有很多种，我们常犯的错误是
企图用一种，填满另一种

*

过去的日子无论有趣与否，我都已不打算再记得
从今往后，只有快乐记得，开心记得
入冬后的第一个雨天，和雨天里的平静感觉记得，就够了

*

你不觉得有很多亲密无间，其实都是假象吗

*

我知道你一定是忍了很久，才到达今天
坐下来，我们有好多废话可讲

*

有一些浪漫情怀没用，有很多浪漫情怀也没用
谁都是满身泥点子般地在现实里面窥探幸福，真实就好

*

你不需要多聪明，或是怎样，你能够拎清一些在别人看来
也许不是那么清晰或者明朗的事，就已经很好
最重要的是，你自己要拎得清

*

可能我一直都活得很悲观，今天也尤其尤其
想要你一份，很正式的喜欢

*

渐渐能从枯寺里听出欢歌

*

失去是这个样子的一字不言，却潜伏在周围各种事物的身边
你以为你是坐在屋子里觥筹交错的主人，然而大雪纷飞
你其实连客人都不是

*

睡一觉醒来的日子并不崭新
洗完澡的身体也总是带着旧日的伤痛和耻辱
泡了杯咖啡，没有喝
打开窗，坐在不开灯的屋子里，什么话也没有说

*

关上门，要走的人已经走了，你不用跟上去
你只需还如往常般在家里舒舒服服地坐着
往后的一生，便就都是你的

*

有意错过城郭，无意绕见彩树
四肢聚拢成朝暮，你被造物者虚度

*

我心里的火车是愿意才载满蝴蝶并且向你倾斜

*

看你，一切都看你，看你想让它，成为怎样的历史

*

岂料你一路向西翻越烂柯
到头来还是摁不住浪花似的，翻涌的白鸽

*

而我心领神会，早已微光满柜

*

四月，吐司们的天空下起雨，鼹鼠红着眼

*

月季枯枝，我不光看到了，心里也明白了

*

昔日拾草归来，磨砺墨绿满身
忆及晴日怦怦，转眼雨水如漆

*

吾自前夜滑行，为见卿与光明
终朝雨水霖铃，日月星辰娉婷

*

时刻清醒地知道并且抓住事物的主要矛盾
然后其他的，连过眼云烟都不是

*

唯以反复劳动，抵抗心动，除此以外，我无他用

*

今天真的下雨了，却不是暴雨
如果能够下到晚上，一定要去淋淋夜雨呀

*

雨天，某棵松树失忆，某只蚯蚓狂欢
春天来了却没有打伞，昨日走了却长满台阶

*

你跟别人不一样，你总是愉快的事情悲伤地做
悲伤的事情却愉快地做，我一开始就没有看懂你
后面也一直都没有看懂

*

在门口等候的时光是珍贵的
因为不一定永远有这扇门
也不一定永远有门里面，被你等候的人

*

十五风停，烟花入海，愿诸神保佑，你珍贵的爱

*

梦中树倒猢狲散

*

感受不到爱意，也进化不出一个更好的器官

*

没有什么别的更好的出路，我现在走的是什么路
什么就是我唯一的出路

*

后来我们能做的只是弥补，弥补完这一个
再弥补另一个，但弥补是弥补不了的
弥补是很没用的事情

*

最后一天了，再不去看看海，海就不是我的了

*

胸椎断掉了，连讲话都伤到心脏

*

晚饭是一天之中的最后一个盼头
谁也不爱的日子里，谁的消息也不用等
吃过晚饭，茫然睡觉

*

是从什么时候起，就再也很少能够从别人眼里
读到真诚，每每看眼前的人兴高采烈，大手挥舞
心知自己已经十分厌倦了，却还是要假装
很想过那种想不在乎谁，就可以不在乎谁的日子
倘若泛泛之交，话都不必浪费

*

你就当我是在活一个寓言好了
寓言里的人，最最不需要理解

*

又一个下午我想活得通透，活得像海边落日与街道那般通透
活得像一个人只拥有落日与大海那般通透，只要通透

*

是一起吃过午饭的朋友，但不是好朋友

*

她其实也不是，就是想要赢，她只是乖戾，想要有所证明

*

后来我觉得，自己但凡对谁失望，都是自己的错
因为人性这种东西，你但凡选择了贴近它，相信它
最后却又从中感受到介意，感受到不喜欢，都是自找的
因为本可以远离

*

它们不是泡沫，有一天你也会爱上它们
一如鲸鱼爱水，你也会变成一头很宏大的鲸鱼
游过往日，撑起未来，日后你要做的，就是这些

*

人不可以一辈子都天真，除非这天真可以抵御，世界功利

*

出差，煮海带加盐，锅中南方的月亮

*

总觉得你比阴天里的建筑，还要冷峻真实

*

很少尝到甜头，吃得到的，多是苦头

*

绝路当然没有，或者很少
有的只是一条条似是而非、半死不活的路
这样的路不光有，而且很多

*

所以你以为那些被爱之人的不爱是什么呢
你有想过吗，其实就是我们

*

一颗沉重敏感的心，像在水里泡了很久、很久的棉衣
那些棉花吸水，又湿又重，便是日日都带着这样一颗心前行

*

时间被分割了，被分割成很多，割到手也会疼的东西
时间碎成了玻璃，而你是在大雨中，寻找钻石的孩子

*

每个人都是被自己无能选择的那一种生活所造就
被身边同处之人所造就，很多外物你无力改变
最终就会被外物改变

*

很多很多的时候，你只是安慰自己看清了
你未必真能看得清

*

人生好景，我看看就行

*

是善变，但同时活泼与自由

*

我无法控制自己口袋里那些天真柔软的糖正在
一点一点地化掉，因为它们真的已经陪我走了
太久太久的路，跟我一样，不开心才是客观规律

*

但想起还是会想起，因为你永远都是某一年里的
某个坐标，以距离和遗憾，丰富着我生命的完整性
世上哪有公平，我也是这几年，才明白这个道理

*

试问谁不喜欢一劳永逸
只是能够用语言说清楚的事情，几乎没有

*

而我终于开始领悟这失落又浩荡的无声沉痛
原来是在彼此笑靥如花时，最最无奈

*

信不信我只是表面装牵挂，心里已放下

*

此刻面对面，但往后一定会各奔东西，这是经验

*

漫长一生真的是要跟太多人打交道，好累

*

你以为没感情就是赢吗，是的，我以为没感情就是赢

*

原来人总是这样，被威慑才知道自己是柔软
被夺走才知道自己是无能

*

在世俗的生活里沦为地鼠，而后皇天后土

*

只是在此刻，在想象中，每个人都波光粼粼

*

我其实很清楚，过往的那些人，哪些只是我生命里的昙花

*

我们其实只是摆脱不了时间与地域的限制
才会在当初的某段时间里，疯狂迷恋某某
倘若某某恰巧也爱你，那两者就将其合谋为爱情

*

重要的是，她不是活在那个为外人所指责的世界里的
她是活在她自己的世界里，并因此而感到平和的
也正是因为这种平和，外人没有指责她的资格

*

情爱之火苗，意志之微雨

*

心像是洞啊，老鼠钻进去，又跑出来
红色的，带着火光的，上得了刀山
下得了火海的老鼠，和老鼠们

*

你一眼望穿我了，在我心里很多很多的树叶
扑簌扑簌落下来，它们有声音，我听得到

*

是有一点点可憎，但可憎也是构成美好之必要

*

不要迷途知返，错下去，错下去我们才能成为朋友

*

孤僻内心，无一朵花

*

脑袋受伤的晚上，用一束灯光，照亮一树枯枝

*

星星也很遗憾，不能拯救人类

*

大风天里剪树枝，破屋里面看日出

*

抱一抱，只当是个，有底之洞

五月　我不温柔，反而幼稚过头

*

人生如此，非痛即痒，此消彼长

*

星光黯淡下来，并且没有别的东西亮起来

*

日子不是我一个人的，日子是我和阿湛两个人的

*

生命在日日雷同的患得患失里随风而逝

*

自今日起群山复活，羽毛蓬勃
走吧，跟我一起去斩妖除魔

*

天南地北，两座矿藏，从未见过

*

姗姗来迟的不是你，去哪里生长都可以
春天到处都拥挤

*

亲爱的大地是土，枝丫是苦
你来自北边，是一身摇落的楚楚

*

过去了的东西就一秒钟也不愿意多想
什么是最好啊，当下就是最好

*

赠今日孤独的池塘里的春泥，昨日灿烂的艳阳，和你

*

你的幼年，来自掌心，像是一滴，善忘的水珠

*

把热泪还给节日，把深情还给告白
换一个目的，没爱的人如我，依旧可以苟活

*

很像是这个季节悬挂在枝头的最后一颗柿子，我的人生

*

是我的名字，但这名字也可以说，其实与我无关
它是人们记住我的一个符号，于他人有意义
于我不一定，生前与身后都是

*

岁月视我如一包没人吃的碎饼干

*

如彼戏言，胜彼宏誓

*

多年以后他仍眉清目秀，何来一点愧疚

*

时间给一切都蒙上白布，你我在其中只是滥竽充数

*

依然只是把要给你的全部掏出来
放在一个你没有可能看见的地方

*

我不光卑鄙，且一败涂地

*

垂垂老矣，爱过的人，在心中变得拥挤

*

再见你嗓音沙哑，应已是忘记了，很多人了

*

多少人的一生一世，要用多少的东西覆盖
看不见的东西还有多少呢，在往后的生命中

*

我不温柔，反而幼稚过头

*

哪怕是在崩溃的前一秒里，我也是笑着的
但是后一秒，巧克力、飞行器、独角兽
呼呼呼，我的爱意死掉了

*
你要配得上你喜欢的人，这句话的意思是
哪怕是在最最底线的层面上，你都不要做一个
让人恶心的人

*
下雨天，我说我在像南瓜往外冒糖一样想你，你信吗

*
我陈述一个事实与爱恨没有关系
我的一场旅行要用身体救赎身体

*
终日游离梦中，如何击败众生，或被众生击败

*
那个穿着橘黄色的衣服卖橘子的人
好像一个拥有了心灵的橘子国王

*

为某些存在于这世界上不多的人和事
永远自愿选择做承担起无限心酸的那一方
我要做的是这样的人

*

你再问我心中有何波澜，四面青山
泪如雨落，我也只能回答，皆不至，皆已无

*

黄昏粉色的鱼群，独居夕阳空荡的小屋
我的一些感受，不知说给什么听

*

与年龄不相符的一切，你都愿意称之为，伤痕的侧面

*

关于那些鸟，没找到是对的
因为它们已经死了，埋在去年的雪中

*

怀念在每一个风中有着花椒味道的午后
命运滴水不漏

*

我会把你交给天意，而后做那枚，被抛的硬币

*

从黑暗的路的那头走到这头
走过来的自己，到底还是不是自己

*

开始只是无视，后来就演变成悔恨

*

若适逢其会，等虚空落地

*

向其更深的欲望，索要娃娃与幽花

*

巧言令色，你是开心还是不开心呢
终于也成为这样的人

*

可能一切的过程无论好坏，都只是在帮助我存活
体验感最终不重要，重要的是我只需要热爱过程

*

曲误周郎顾，盛宴有在乎

*

其实你悲观又早熟，并不是他们眼中那个不管事
也没心事的孩子，但你又偏偏想要把自己表现得
天真又邋遢，伴随偶尔的温顺，或者偶尔的乖戾
总之你不想被看穿，被看穿也不能是被身边的人看穿

*

真好，一切又都虚幻起来了

*

落日余晖，你逆光，能够看到什么

*

可惜人就只有在事情发生很久以后
才能稍微变得开化起来，开化但为时已晚
过去的时间我们无法也无力挽回
这就是遗憾，这就是不甘

*

我们种花，在蓝色的裙子上刺绣一只小猫
最终我们翻越群山，天黑前带回了小绵
并就此活过一生

*

今时今日，诸多健忘，来日谁来，为谁证明

*

在一个四月的结尾之处，她冒冒失失闯入
那种为爱消沉与怀疑，而后变得又蠢又坏的样子
的的确确是一个少女

*

五月是死结，三月你走了

*

湿衣未脱，柴火毕剥，你来啦，小溪流过，小鹿活泼

*

该懂时便懂，不懂时不必懂

*

与怀念有关的很多形式应该都是多余的
我如果念你，我就会一直念你，直到生命尽头

*

白兔饮绿草，屠户漠荒山

*

对不起，今天过得好像是一个很暧昧的柚子一样

*

可是啊，有什么是细枝末节，又有什么不是细枝末节

*

我知道你热衷表演，也热爱人来人往
我曾经是你，我如今是我

*

务必珍惜天黑时分路灯和车窗映照出来的那张
年轻并且化了妆的脸，务必

*

失去了就什么都不要再讲

*

庸人所怀之心情，想必就是叫庸俗

*

日升而有妄，日毕而有憾
必远渡重洋，知相隔一间

*

能够说出道阻且长的时候，人一定还是幸福着的
真正不幸的时候，是没有道阻且长这四个字的

*

给你眨眼都算是倾塌，一如既往之喜欢

*
或也无须怀有多么伟大的处事观念
凡事只需先去面对，而后熟练面对

*
被喜欢的总是天生就被喜欢，好多人所做的
好多努力，注定只能是弥补，不能是达成

*
永远都要做到的是不能被那些无谓的
烂意义打动，被打动即是屈辱，是战败

*
所以你慈悲，是真是假不重要
总之你慈悲地置身事外，世间万物
唯你离苦，你最好受

*
思念之上，我是累赘

*

你不喜欢我不重要，我也只是偶尔，才会喜欢自己

*

也许她是很早就洞悉生活的奥义
才会在十六七岁的年纪赫然在墙上写下
类似于"自私是美德"这样的话语
那个时候她就很异常，谁要是嘲笑她
她就觉得那人傻，真的是很傻，而后如此长大

*

我们不必要谈了，寒暄笑笑就好了

*

那些事物散乱在心里，它们得不到支撑
是薄薄的一片沙滩，并且长不出翅膀

*

感激涕零，你不至于

*

做了个梦把自己笑醒了，梦是关于你的

*

意识到往后力不从心的时候只会越来越多
如今自己所做的这一点点努力根本不够，远远不够

*

所有想要远离的地方，都请务必赶紧远离
多待一天，都是对自己生命，多一天的浪费

*

日日里的夕阳都是反复如此
而我早已不期待能够从中得到任何

*

所以能否再给我一次机会啊，从一出生就幸福

*

我希望的是有一天能够通过我的努力
让你觉得曾经与我为伍,是一件值得并且幸福的事

*

好像所有风景都暗自带着深意,人生太深刻了
我常常悲伤到一无所有的地步

*

没有人爱我的时候,我大口大口地吃薯片,吃巧克力,喝热茶
越是睡不着的时候,越要喝大勺大勺的咖啡,然后每吞一口
就觉得鼻子一酸,至于难过,我的眼泪,则有时落,有时不落

*

因为你所处的地方是温暖的,所以你几乎不可能
感受到一滴海水的冰凉,而我不一样
我曾于某地荒原,见过粉色的夕阳

*

我相信人生盛宴,所以我们,下一局见

六月　我爱你，才华用尽，蚍蜉撼树

*

我的世人忙着受伤，我的伤口忙着被你看光

*

吃糖，走路，淋雨，共眠
可是为什么一觉醒来，我的嘴里没味道了

*

我已经准备好开始好好享受成年人世界里的那种恶心了

*

往后的日子依旧山高路陡，记住我，像记住一个老朋友

*

生活是重复的，有人把在一个地方
转来转去，理解为幸福

*

乐此不疲，是傻吗

*

我爱你，才华用尽，蚍蜉撼树

*

欲望本身是单纯的，欲望加在人身上才是复杂的

*

倘若有些路错着错着，竟也对了起来，请务必感谢命运

*

且挨今朝一岁冬，明年春天再想他

*

你能逃脱得了做罐头的命运吗
如果你是一个桃子

*

天干物燥，也不是非得，小心火烛
火烛多浪漫，而人生多麻木

*

现在的你依旧无法自拔吗
可是现在的我觉得，不自拔其实是个笑话

*

一面炽热滚烫，一面泪如雨落
醉生梦死，究竟是谁想要的生活

*

可能在此日落苍茫的街头，总是驶向四面八方的无缘

*

你我不经风浪喜爱跳河的猫
年少忧郁还以为不快乐就是崇高

*

非要等到立春日才知道自己只是去年冬天
途经你小镇马戏团里的那只不会说话的巧克力色
猴子，倘若我的爱让你感到滑稽，抱歉

*

三百只雀鸟可以堆砌为一场大雪
五百棵梨柳可以形容为一次春生
我爱你，我告诉过你了

*

辜负太多草药和黄昏
多年后你一个微笑，我突然回光返照

*

怦然已不知去向，风情胜过于漂亮

*

叶细影宽，平生惯憨

*

可能人人都是在以一种绝对信任这个世界的方式
孕育泪海，可能我们活着并歌唱，这本身就是一件
值得泣诉的事情

*

如果运气好的话，我会赶得上这傍晚路口的每一个红灯
永远在心爱的人身边，做多一秒的停留，而时间没有被浪费
因为我们是彼此的宝贝

*

唯理想日复一日，同心事长成气质

*

下次途遇快乐，务必狼吞虎咽吃完

*

如此太平盛世有风阴，而你怀抱怎样的内心

*

盘算好云淡风轻配金色耳钉，自黄昏起出现让你目不转睛

*

你别闷闷不乐，你要肩负错愕，
穿越形形色色，摸到锁骨温热

*

你的神其实比你更不善言辞，你的神，他知道你是个好孩子

*

你知道时间被我抱在怀里，而不是被谁浪费掉了就好
也知道自己被我藏在衣袖，而不是被时间浪费掉了就好

*

等明年山满音书寄雨，从此声名鹊起

*

我逢苔花与弃砖，因你而生了器官

*

失落如砌墙，墙倒也砌墙，砌墙岁月长

*

自你走后空落落，长裙野兔白日梦

*

欲盖弥彰，那些我们共同经历过的脉搏和割伤
那些我们各自颤抖着的枝叶和星光

*

人皆有情的器皿，在此世上无勾引

*

雨不会停，路一直泥泞，思念就是你摁住锁骨，思念也疼

*

我希望被一个夜晚压垮，被许许多多的花朵压垮
最终被压垮的不仅是我，还有心尖上的一抹白塔

*

水阔山沉回过头，风吹火燎假温柔

*

别等天亮，晚安红墙

*

试问你在怜悯谁呢

*

关于肥胖，没食欲的日子，都是好日子

*

世间所有热脸贴冷屁股的事
别做脸，也别做屁股，远离

*

吃不想吃的，做不想做的
虽然年纪不大，但这也是人生

*

我输得很开心啊，你问那么多干吗

*
饮尽浮冰，低谷吹风

*
我很早就失去一些原则
这么多年只匆匆淋到一堆雨的外壳

*
世界岂会毁灭，欢歌热舞，睡不着的每个夜里都有

*
君心可爱，愿有橙花映路，君心常驻

*
多年装傻充愣，至此微微一怔
再也无物可赠，只剩鹌鹑发霉的梦

*

底气一直都是没有的，看起来有的话，也只是看起来才有

*

一定要饿啊，饿的时候，饭才更好吃

*

时代过去了，就一点点硝烟的味道都闻不到了
人人在其各自庸碌必经的历史中顶天立地，痛苦求索
于是每一张叹息的脸都是暮色中的，火烧云的样子

*

通透的人应该怕死，不死就可以体会，他们喜欢这种体会

*

热爱故乡，热爱鸟类
日日都走的路上，有我百看不厌的风景

*

看风景跟吃饭的时候心情都很乱
乱得像一只被开膛破肚露出棉花的熊

*

你不如忘记我，就像忘记曾经从地铁口，小量灌进来的风

*

我只是做了一件自认为很有意义的事，而至于它是否
真的有意义，我自己不知道，旁人也不知道，我只是贪婪地
吸取与搜刮着，一切浮于表面的，让人觉得会开心的东西
有些事情，虽然我不敢承认，但其实我真的做错了

*

一个很奇怪的世界，你可以朴素
可你一旦朴素过了头，就再没有人记得你的好
所以就算是为了生存，你也要浮夸

*

所有那些你不必用力就能够感受到的生命美好
真的是很美好，赤子之心，你永远都要有哦

*
阿湛，自你走后，我已无家可搬
昨天试了试你西服的肩，并未有我想象的宽

*
阿湛，心如止水是很难的，心是晃动的，并且永远晃动

*
你始终在做的是什么，你始终是站在
一棵光秃秃的树底下，孤独地等人来认同

*
你有见过午后道路两边被太阳烘烤的房子吗
那些房子既像面包，又像心脏，还像平日里
想形容，却又形容不出来的，爱情

*
月末的阳光很好，那就希望这辈子能够止于单纯

*

背道而驰，山山水水，从此便都，收起了

*

我的心脏跳动，还未曾捧出，给你看过

*

因为我们是活在两个世界里的人
两个世界里的人就是两个彻彻底底不同的人
这样说，我会觉得自己少了一些罪恶感

*

你是失去了一些什么，在风中结出暗红色的果子
我有那么多的痛苦呢，你最想听哪个

*

你是不良的躯体，我是念残的佛经
你是一个暴雨天，我是一座小木屋

七月　有点幸福了，是生活给的

*

所有那些你考虑过要割舍，却又割舍不断的
我们都恍然，并称其为人生

*

那些应该都是甜的吧，因为它们不受诅咒

*

突然在不知道是倒数第几天的晚上开始怀念，并且有一点难过

*

好像就只有在剪头发的那一刻很爽，剪完了就在后悔
好像人生的多数时间都在后悔，比起激动和失落
后悔好像才更像是形成一场完整人生的必要条件

*

我是在睡梦中捉到蜻蜓，实际上已然走完一生
诸多的长路柳暗花明，诸多的麻袋跑出星星

*

小有才华不如没有才华

*

鸿沟就是摆在我面前让我看的
只能是看，因为无法逾越

*

我想我是明白你的，虽然你嘴上恨不得把所有的狠话
都说遍了，但如果真的让你走，你一定舍不得

*

你能够想象吗，有些事坚持到最后，结果还是失败
所有努力的意义仅在于，让你看到失败的那天晚点来临
让你还总是日日愚蠢地抱有期待，很多道理，你听过的
其实只是骗局，在万千空洞的事物里，最无用的，
只能是你，也永远都是你

*

我想做的是一个能够在寒夜里
为你结满亮晶晶的，山楂的人

*

你一笑是神，双颊浮现海豚

*

喜欢一尊佛的侧面，喜欢花与猫的照片

*

做一场遗忘的漂流
飞过海洋，世事就变做愉悦的苍穹

*

拱手相让，谢当年，曾使星辰满目

*

有点幸福了，是生活给的，晕乎乎的幸福

*

月亮落入水中是圆的，错过也是圆的

*

大概率是我的尾巴不能代替心脏
才把这道听途说的一切都选择当真

*

天空被那些鸟占领，而我们不去计较，我们躺着
我们看云彩抹过我们，像抹过两座温柔的田野

*

你的勇气隐居于自身，是一种不时常体现的浪漫

*

人很少有余地，余地也不是自己想要的余地，只有平庸满地

*

七月没有泪流，莲花顿悟犀牛

*

我还没洗完这个凉水澡，心爱的人就已经与别人到老

*

我不喜欢天真惨淡的花，你去找别人，不要找我

*

我于秋天狂喜，恋爱不已，岂非快乐？快乐而又无解

*

想象自己是一床厚棉被，
这个秋天别给自己留任何黯然神伤的机会

*

失落感早于体内一切元素先构成我

*

可也就是在这些与众都相同的日子里
一旦有人让你形容，你就什么都形容不出来

*

都是渐渐的苦涩与不动声色

*

那些阴影刺痛我了，人们肯定想象不到的是
后来我做的很多事情，都与那些阴影有关

*

人生无趣，你不要自己把自己愚蠢地浪漫化

*

没什么好过落空

*

猜不透是，没结果是，桃颊鲤醉，心甘情愿，这些年

*

我为他数黄昏的心跳与昏鸦
我为他喝一千杯酒，喝倒后回家

*

担一些难过总比时时刻刻都要担着快乐好，
快乐也是很沉重的

*

不知道为什么，那天那辆车开得特别快，很快我就到了家
回家后吃了一顿热腾腾的饭，挂了电话，再也没有想他

*

我应当是沉浸在自己的世界里的
外面的风声，我最好是一点都不要听

*

你走了，鱼群找到天空，风演化成珍珠

*

最是不被留恋的那一小串风景
竟也在大风中穿过荒原，为你挂起灯笼

*

初尝忠贞，是少年心

*

我不想要永恒了，我想就今晚，陪你看一看花灯

*

无端落日，是你我梦中之国

*

沉睡草丛，叠过风花，月食无辜，并且贫穷

*

拖不住的时间，漫山遍野的时间
人人都是小鸡毛，落在一座大山里

*

看似是我们把时间搁置起来，但在摆放的同时
就已经被时间抛弃，于是发生在我们身上的
任意一种结局，都是相同的，对于时间的哀求

*

失败短暂又快乐，求而不得的感觉
此生务必，多多体会

*

每一场雨，都浇透坟

*

偶尔也会回想，回想压死骆驼的，第一根稻草

*

尾椎刺痛，阴雨低烧，不想接的电话
就任由它响，人生真的，真的好短

*

倘若诸多烦冗世事，最终只是化为一碗
冰凉而又沁甜的水，那么你所说的人间
该有多么多么的好

*

我已经没有更多更强烈的感受了，我就这样了

*

我之为我，皆为闪躲

*

人生应像什么最好
像洁净手掌抚过略微干燥的床单，就好

*

她试图舔了舔那几颗刚刚吃过巧克力的牙齿
很甜，毛衣贴在身上，太阳挂在天上，这一次
不知道为什么，眼泪终于，还是夺眶而出

*

也许我就是这样活着的，今天活在幻想
明天活在现实，在同一种地方没什么感觉
可一旦跳到中间，就变成了走钢丝的熊
痛苦又危险的熊，徒劳嗅着一丝，命运的香

*

如果你已不记得，请你永远别记得
流淌的叶子，翻滚的河，静止的兔子，妄想的蛇

*

他说你回头，我向你招手，于是我回头，他果然在招手

*

就算是背影，也不是留给你的
可你就算是喝凉水，也要喝得饱饱的

*

昔日山高水长，至此依旧温良
一如所有当年，所有神采飞扬

*

我们受过偏袒，不会相见太晚
沿途屋宇温暖，道路虽长不远

*

白日将出，不要哭，睫毛之上，有臣民

*
腹胃空空，像一座孤单单等你的电梯

*
就像是终于能够发现存在于每一个成熟季节背后的
冷淡之时，人也终于，无可奈何地长大了

*
小绵是我的朋友，我们一起住在有羊的村子里
小绵食青草，我常看月亮

*
幸福，只有起初是愉悦的，后来就都是麻木的

*
我也常常佩服自己，佩服自己
不与人交往，只是自说自话的能力

八月　我看到了，往事如烟草丛
　　起身把雪白的鹅，投入海中

*

绝望其实是一块，很甜很甜的蛋糕

*

我们不在一条路上，梨和苹果不在一棵树上

*

原来比起那些半吊子的伤心，我更喜欢的竟然是伤心欲绝

*

把从一个人身上习得的冷漠，熟练运用到
另一个人的身上，而后愉快地决定做夕阳里
最不具悲情色彩的，那一根，痴呆的木头

*

继续做你的春秋大梦吧，然后开心起来

*

我怀念在你生前也曾有过的美丽彩虹
为什么跟今天傍晚的一样落寞宽容

*

年少生猛，我如今，都不记得了

*

关于他，你至今逢人就叫嚣的，是想证明什么呢

*

心机人人都有，只是我觉得生活还没有落魄到
要让我日日揣着心机过日子的程度，我很懒
以后也很懒，那些心机我有，但我不愿意用

*

什么也不活，什么也不等
人生坎坎，我就为一句滴水穿石的妄言

*

梦到阳台的花被搬空，梦到冬天的雪提前下得很凶
梦到你还在那儿啊，站在空空的人群中

*

没几个人相信我，所以我做的一直都是，无用的虔诚

*

你是不会找到意义的，聪明的话
先把用心二字，干干净净抹掉

*

时常穿过冬日洒满阳光的走廊，而后无事生悲
全世界都是鲜花和老虎，唯我是病猫

*

我想孤独不是看你此刻神情落寞庆祝什么
孤独是看你往日内心无声无息喂养了什么

*

是什么点燃你，点燃你又熄灭你，便宜虚耗你

*

赤地城池，风沙埋之，狂欢鼠兔，何乐有之

*

是的，礼物是我自己一点点攒起来送给自己的，
我没必要谢看客

*

我的第一次梦魇是在梦里重复一百次
无人看见的孤独动作
我的第一个动作是在大风中无法抓住他
旗帜般挥舞的双手

*

丘陵盛满海鸥墨绿的深谷，人群蛙空时间虚假的棉花

*
不幸总是在于，不幸还不够多
你要的何止是幸福，你要的是不幸且幸福

*
从此刻开始失去，可以用永远形容，也可以不必形容

*
又是一日，烟花炽盛，泪水压制

*
看他浑浑噩噩，一个人，径直去了宇宙

*
应该记住这样的时刻，像被人抓住自己偷窃
还以为无人看见的手
应该记住这样的夏天，像被人故意一闪而过
还以为有人怀念的脸

*

人生是从什么时候开始败坏的，忘记了

*

只是这么多年过去了，也该被时间密密麻麻的牙齿吃掉了

*

我希望你记住，被爱有时候是一种隐患

*

我想要对你的报复是，变成你身上的某种病
使你在秋天吹到风，就想起一切伤心事

*

草木萌发，星星颤抖，我早就知道，会有这么一天

*

都是可怜人，但可怜人也要互相折磨

*

世界不会在意你，是你要自己在意你自己

*

好像是从出生那天起就被放置在一个很冷淡的篮子里
出生是一件好事，但往后不一定，小时候总是被不知道是
哪个人的大手抛向半空，而后接住，人生难得幸福的时候
后来就都是晦涩、失落，与不开心

*

想不明白的事可真是太多了，年龄越大，心事越多
快乐二字，好像越来越无关紧要，是的呀
因为得不到，所以就无关紧要

*

你从悲哀里出来，嘴角沾着蛋糕吗

*

没有人嫉妒我，是我在嫉妒旁人
没有人伤害我，是我自己在找理由，记恨旁人

*

因为你对这个世界有怜悯
有怜悯，天不塌，你就不会走

*

知道一个人下落不明，也知道他渺小一身，不入天下兴亡

*

倘若觉得自己不该在这里
低下头，在风与膝盖平行的秋里

*

你不是英雄，也并非意义，被风雪埋住，便充满嫉妒

*

风铃起时山川落，一人藏，万人堕

不得已这三个字，说出来可真是足够虚伪

*

你得到了什么呢，你什么都没得到，就不要骗自己得到了

*

你所说的很多事情，其实大家都习惯了
习惯了就无所谓，但你提起来，就是你的矫情

*

给我一百个如火如荼的理由，或者，别走

*

哦，嘴上说值得，心里说未必

*

我设想，我恐惧，有一天连悲伤的权力都不再拥有
便只能轻浮，只能高兴，先死于轻车，后死于熟路

*

太过在意别人感受的人，是在以一种看不见的方式扼杀自己
可是想明白我们为什么要扼杀自己，扼杀谁不行
非要扼杀自己，很可怜的自己呢

*

是不是熬过几个半死不活的春秋
人人都以为自己有资格说至死不休

*

毕竟我们不赞美生活，只证明活着

135

*

淤泥里挖出宝藏，我才没白白沮丧

*

往后依旧是有各种各样的路，你不一定都能走得好
但你只要能像今天一样走下来，你就已经很厉害了
我永远喜欢这样的你

*

其实在那个时候，你蛮可以走上前去，说一声"你好"
或者随便说一声什么，因为你们同在这个世界
你完全可以，比他还要骄傲

*

我忘了他们是谁，他们也忘了我是谁
我继续在演，也继续有人来

*

伸手要纠缠，转身上游船

*

反正你迟早都得学会允许遗憾及自卑
允许你认认真真喜欢的一切绕过自己
去跟别的干杯

*

看晚风吹动香椿树，才知你在我身边常驻
看世人善妒，满身眷顾，才知你离开成为我花坞

*

骗不了别人，就回头骗骗自己
人反而是最容易，聪明反被聪明误的物种

*

一个人变了，语气都变了
无所谓好与不好，只是都变了

*

入夏后的第一场手术，孤独，我把孤独割掉了

*

我已逐渐塌方，风还四面八方

*

而有时命运的羞辱又总是来得太有意思
你但凡说声不，都会显得自己很没意思

*

日子就是这样不好不坏，模棱两可地往前进行着的
所以才有了那句聪明并且传承千年的
"不以物喜，不以己悲"，我懂了

*

爱上你就只是再重复一遍那些老掉牙的字眼
放下你才是把岁月交还给那些新长出的苔藓

*

或许还要走很多个日暮，才能够走得出穷途
但仅仅是在路上也知道，如今我想要的，已与过去截然不同

*

我在一九九七，发出爱你信号

*

你是应该坦诚，但没必要对每个人都坦诚

*

灯火灭却楼阁，灯火不会记得

*

底线已经被放得很低了，你越刺激它越低

*

数得到的每一个晚上几乎都在失眠
因为有了心爱的人和事，也会开始害怕突然的死掉

*

喜欢的人见不到，见到的人不重要

*

那些梨挂在枝头迟早冻坏，那些心只是放着无须被爱

*

那些很美好的日子，突然就在身后清晰起来
这时候有人起身，什么话也说不出来

*

我以为你总会对我有那么一点点兴趣的，我高估我了

*

如果我是一捆干草也好啊，可以在热闹的集市被你买走

*

成王败寇，在爱里也是

*

瘀血是记忆的池塘

*

我在想，用一生成为平静的波浪、飞船、泡沫，与细沙

*

再过很多年，你见过的某一个孩子会长大
某一对青年会结婚，当然，生活也会按照你的意愿
按照所有人的意愿，持续发展下去，失落与兴奋
都会比你想象中的多

*

活着的人都是艰难的，晚安

*
而温柔的山雀，只得死于荒山

*
最最痛苦的人格贯穿生命始终
无数麻木的人格麻木地参与其中

*
浮世风吹，夏厌春追，烟火葡萄，只此一身

*
不想合群，生命本身互不相关

*
但愿明年晚霞风起时，一切都还来得及

*

快乐总是迟来，或者不来

*

来自风尘，去往风尘
她自有她的使命，她自不辱使命

*

你身处年轻，辜负年轻，很快也将，不再年轻

*

在哪里能够感受到自己的存在
在舞池，在街道，在餐厅，可惜都不能
在节日的秋千上，你推我的那一把，我感受到了

*

她是妩媚，她是娇憨
我好爱她，青山啊，青山

九月　阿湛，我觉得秋风的温柔是装的

*
那个下午我想把所有风口都站过
有人问我，我还是会说爱过

*
苍老之初，执迷不悟
喜欢，喜欢是一种供奉

*
阿湛，我觉得秋风的温柔是装的

*
这一刻我的心很沉静，无论对面的人说什么
做什么，我都不会难过，我在享受这颗心冷却的过程

*
我知道你是在体会，把眼泪含在眼里
呆呆地看这个世界的感觉

*

成年后常以深情为耻

*

九月的梦境是一笼矮鸟
你蓝色的胸口比我们的房子还小

*

世上没有比虚荣更像本质的东西了

*

倘被秋风贪恋，会不会多年以后，我们还在试图遇见

*

这世界多的是失败与落空，又何止梦想与爱情
但我祝你在这无限大的失落里不会那么快地老朽下去
祝你的存在永远坦坦荡荡，永远胜过秋天的树

*

人一感性就荒凉

*

秋凉的日子，你喜欢吗，如果寂寞，屋里准备了水果

*

时隔多年，你依旧是附着在我脑神经上的白色飞蛾

*

一定是我们自己太把这渺小一生当回事儿了
宇宙里并没有哪双无聊的眼睛会一直盯着我们
甚至到最后，就连欣慰，也会比心酸多些

*

说是命运其实就是放在嘴里怎么嚼都嚼不出味道
你不喜欢它，它也不喜欢你，你们也没必要
非得互相喜欢

*

日子啊，到底怎么过才会比较有盼头

*

回首往昔，你总稚嫩得可爱

*

信不信我一年四季都只苦嚼甘蔗
苦等一个节日才敢祝你节日快乐

*

风在把树叶往圆形里削，重逢在我这里
只是一段神经末梢，像堆积玩具一样堆积身体
秋天的你为何如此拥挤

*

我也想过要用破壁机打月亮，最后鲜艳地躺在白色床单上
就这么一颗没力气的破心脏，能不能不要什么都往里面放

*

他日取回甜桃，你应带有绒毛

*

某一年我待过的角落比这世界还多
而你是那年春天最猛烈的一道下坡

*

阿湛，第一次秋风里见你，就知道你是个傻瓜

*

天一凉，就想做俗世客栈里，为你添衣的老板娘

*

我明白，这不过又是一次传统意义上的见色起意
但是没关系，因为我爱你

*

何需借口，亲吻你口，世界之大，两只傻狗

*

我看到了，往事如烟草丛，起身把雪白的鹅，投入海中

*

于是手捧着你我的芸芸，恋人般共度九月的中旬
归来系一条漂亮的围裙

*

我偶尔也想尝一尝，你身体幽暗的河床
你双眼谩藏的夕阳，你灵魂多余部分的，水果糖

*

尘世奔跑中褪色，你是唯一的橘色

*

秋意潺潺，屋高且凡

*

嗯，你有一点像我今天傍晚回到家换上的第一件秋装

*

你要承认有些东西是会越陷越深的
并且不是陷得进就爬得出

*

在这个世界上四处找不到爱，于是放弃了

*

不出意外我们还是会错过，但，错过就错过

*

世事几欲催熟，而你始终天真
去看吧，今日杜鹃花开

*

阿湛，我其实是靠轻微堕落维持生活

*

从一扇秋日荒唐的门里走出来
走出来竟也成为一个，深谙道理的人

*

我爱你，每天早晨我给自己涂口红的时候
抿几下，就想给你也涂

*

三点半，虚度掉五年来最后一个星期五的下午
祝你前程似锦，并一发不可收拾地爱上别人

*

我曾梦见两只麻雀在蓝色的月晕里相爱
一觉醒来却早已习惯所有失去你的年代

*

直至我带的项链都锈了，海水都绿了
那一天的枯草照见月亮又都挣扎着重新升起来了
所有人都像哭红了眼的兔子一样躲在山谷里
不再出来了，我还悄悄爱你

*

……那些都是肥皂泡，你不戳也会破的

*

漫长岁月里，擅长制造心碎，也擅长知难而退

*

能梦见就能碰见，能碰见就对得起前半生所有眷恋

*

我没有爱得很深，喉咙里吞一根针

*

我当然是会在一条自欺欺人的路上越走越远
在一条从来就不存在牺牲与感动的路上
不用心疼地越走越远

*

人世间雪花木斧，小衰败及大痛苦

*

我尝试把身体倾斜着倒入空瓶
倒进去让生平第一次听到生平

*

别一上来就热泪盈眶，没人需要你热泪盈眶

*

这一夜我眼看秋天呱呱落地

*

你走好你的路，别与我感同身受

*

我们抱着吧，躺在地板上，什么都不做，只是把地板躺热

*

是穿过末日风雪也想要送其爱意无能为力的罐头
却不问自己知不知立冬日思念的那头其实吃穿不愁

*

这厚重的一生无论如何过都是轻浮，我尽量挣扎，尽量伟大

*

所有的秋天都是又明亮又成熟
所有的秋天你都爱一个人爱得一塌糊涂

*

没有什么能够真实地埋葬什么，除非被埋葬的自己愿意

*

前世被今生认领，今生捕风捉影

*

……又一只小鸟死掉，但是我的阿湛，他一定会吉星高照

*

生活啊，太多慌乱的时刻，但都还不至于堕落

*

日后你翻山越岭地去找他，记得不要说累

*

这是今后十年里的第一个秋天
而今天是这个世俗九月里的最后一天
打赌吧，就赌这很多场秋高气爽的天气
你已经记不起去年夏天的心事

*

眼看着，命运把我放在这里一年了

*

因为是与你的约会，所以我的灵魂
才一点点都没有被浪费

*

我其实已经能够与过去的自己握手言和
风浪再大，我永远为她留一个贝壳

十月　世事拥挤，为君深藏一宅喜

*

你藏好了吗，我要开始找你了

*

仍念八九之柴，却已十月醒来

*

一起，或只是在秋天，做你光辉路上的，一处草房子

*

可能人生是会得益于某些枯燥过程
枯燥也是解救人生的，一种形式

*

像是低血糖起身的一瞬间
你揪走一块面包一样的，揪走我的心

*

起初山河万蚌，后来席卷而葬，
起初恋他十月，后来我为霜叶

*

月初我失去安全感，彻底变为一把斧头

*

道别，什么是道别，如何区别于告别，又如何区别于离别
假如我一生只作与你一人的道别，会不会一生都伤心欲绝
也一生都天真无邪

*

深夜我们不说话，从胃里抽出乌鸦
但爱情从来都只在小范围里传播

*

朝生暮死，她一个人浪漫得大雨倾盆

*

不盲目，我就不是我

*

在北方，在电厂，谁负责把十二只鸽子抬进秋天

*

所以我从不奢求什么外物能够对我好
只求少一些，不真诚的叨扰

*

他年相见，喜忧参半，江河湖畔

*

世事拥挤，为君深藏一宅喜

*

天黑时提一袋寂寞的面包走出超市
这样的一天，竟真觉得有点累了

*

秋天也像是冬天了，夕阳垂照，是很悲哀的一年

*

她辛辛苦苦地活着呢，不要揭她的疤

*

其实我知道，无论是什么都会有黔驴技穷的那一天
傍晚六点，当我终于打到那辆去城市海边看海的蓝色出租时
我知道，我爱你黔驴技穷的那一天，终于来到了

*

得到了你要珍惜，得不到你就放弃
珍惜就好好珍惜，放弃就彻底放弃

*

十四日，接下来是霜降、重阳、万圣节
十一月七日立冬，二十二日小雪
十二月七日大雪，二十一日冬至
除夕是二○二一年的二月十一日
七天后，二月十八日雨水
从今天往后数，二百三十天后
又是一年夏至，三百六十五天后
再也回不到今天

*

流浪归家，万籁有花，公子骑马，掬一捧木瓜

*

他年无此刻，此刻正流年，他生无此人，此人已漪涟

*

我有时候真的希望我是悲观过头了，可惜不是

*

最后一天，整理幻想，放弃幻想
语言坏在肚子里，当讲的其实都不该讲

*

还是算了吧，开在秋天后视镜里的花

*

那一刻觉得自己的心跟个烂苹果一样

*

我想要告诉你的是，有朝一日，世界会是我们无心者的乐园

*

就像谁也不是有意去掉东西，
只不过无意间的事情构成我们全部

*

我不相信童话，除非王子爱上的是巫婆

*

日日惘架空桥

*

似乎每一年都是如此，每一年我都曾以为
这一年会发生我想象中的大事，然而事实总是
刨去那些鸡毛蒜皮的小事，几乎什么都没有发生

*

我曾多么有幸，败给一个比喻

*

也许这个世界上折磨我的事情很多，但真实的，毕竟不多

*

我容易被情绪左右，容易脆弱，但是我把这些藏得很好
那些不体面我不想被任何人看见
生活如此，但我依旧珍惜生活里所有细微的感动
并且知道所有来自他人感动的给出都不容易
努力去成为一个真诚善良的人

*

我心铲雪车般

*

栖息风尘客栈，至死惦记浪漫

*

忽然想要送你礼物，才发现世上早已没有你的节日

*

某一天，屋檐滴水，腐草为萤
某个人，能够时至今日，早已无关当年

*

如有可能，请务必认认真真忽略我，几百次晚风吹起的雀跃

*

良田千顷，在梦中

*

势必要行至悲痛欲绝，而后才可以听闻，月落潮生

*

我心推土机般，我心垃圾堆般，我心给你，玫瑰花般

*

晚风吹人心痒，你是一罐空想

*

好花昨夜已开尽，无须再牵肠

*

理想未至已瘸

*

有人热爱，有人不屑

*

在你的思想里有玫瑰，每一朵玫瑰都，很痛

*

奄奄蜻蜓，翅膀透明，我曾见你，一见钟情

*

不必觉得眼前或者当下的世界不好，不足以支撑情怀
事实是你我都会消失，日后也不会成为某段显著历史
与今天的一切联系起来，我们不过是都将成为其中充满
年代感的一员，所以少谈虚妄，做事就好

*

花园拆去，记忆抹掉，写无可写
才发现人生好像有太多问题，无解

*

活下去，如此活下去，也许一辈子都不会犯什么大错
只是让生命在日日重复的庸碌里虚度耗尽
最后也只能十分无能为力地说一声"哦"

*

所以呢阿湛，你说我们有无权利把生命献给阴沟
在日复一日的创痛里，做一个有时候也会
不那么疼痛的"小偷"

*

何为枯草，何为彩虹，何为眼泪滚落，而后一地秋天

*

现实永远两难，甲乙永远错过，情人岂能，永是情人

*

你对秋天没感觉，对我呢

*

或许吧，往事纤细，有朝一日

*

世事矗立无新，要么沉默隐藏，要么冠冕堂皇

*

人在落寞里观花，你啊凭什么想他

*

你啊你，抓住庸常再多的把柄，不如珍惜好光景

*

离家再远，记得回来，我们还要穿崭新的衣服
在金灿灿的柿子树下拍照

*

秋高气爽，道路笔直，躲得再好，也总被世事曲折地找到

*

阿湛，我拼了命地想做一个与众不同的人
却发现与众不同的最后，其实就是虚荣

*

我来到这个世界，没人知道我是来干什么的
我也不知道，但正一步步地走下去

*

石头长在胸腔，悲哀组成乐队，十月过完，冬天就到来

*

天黑是感受不到的
能够感受到的只是车流和路灯

*

咚咚咚咚，冬小麦，晚山寂寞，你陪它

*

在春天把头发染红，在秋天把头发染灰
发质的确是越来越不好了，偶尔流泪
像一个被放置多年，无爱中老去的稻草人

*

假笑、假嗔、假怒、假痴
都是假的，你要真的，我给不了你

*

我仍旧是看一眼暮色就有好多泪要流
我的脑袋也的确空空荡荡像皮球，我站在麦地里是个圆形
却比谁都更了解，被黄昏踢来踢去的幸福

*

其实就算那时候的秋天真的很冷
我们也没必要往一块靠的，你说是吗

*

也许在今天看来，曾经那些没底气做的事情
终于可以做了，只是可以做了，时间也过了
如今过得不好，连心情都是错的

*

早日得知真相，就会早日获得解放

*

五年前立的秋，五年后凉飕飕，痴人碗熬粥，鱼海梦解钩

*

你走吧，我留在这里了

十一月　会有一天，思索全都，结为果实

*

数九寒冬，你的路，渐渐近了

*

天黑了，有人似木桩，有人似神明

*

我还想你，桥毁路塌，但却并不是伟大

*

由各自的喜怒哀乐所构成，我们都是
商场里积灰多年卖不出去的玩具小熊
我们发呆，我们静止，我们终日，面无表情

*

你不受普罗大众的欢迎，你站在风雨里，满身泥泞

*

北方的冬天，十块钱七斤的橘子，入口其实可以不用那么甜

*

十一月初，种一棵橙树，然后等，等悲伤变为，可治之症

*

喜欢荡秋千的感觉，旁边的空地里开满牵牛花
天空有一种复古色调的晴朗，仿佛自己还很小，仿佛时间
还在二〇〇几年的某个初冬，微风吹过，我还是我
不谙世事，并且对未来一无所知

*

萍乡颠迷红鹅痴，南梦漂浮半溪花

*

凡是以前存在的种种，都是有凑了巧的机缘在里面
我们不能次次回头，跟以前抱有同样的期待
如此对谁，都不公平

*

十分迅速，且又错落的一年
我不是老了一岁，我老了很多岁

*

你被别人清清楚楚地看着底牌呢
你以为你还能做些什么

*

妄自菲薄，不光没意义，而且很矫情

*

想太多，而秋天已经一瘸一拐地离开了

*

理想不值一提，聒噪无可救药

*

傍晚听到一些冬天的声音，来自积雪，来自树枝

*

造物有度，毁坏也是被毁坏得，恰到好处

*

爱说占有，是不是因为自己，也是弃舟

*

我在尘世风雪里久站，等你刮目相看

*

究竟是我虚构了外物，还是外物不言，但却虚构了我

*

唇齿唇齿，欲言又止

*

屋里的你还在耿耿于怀，屋外的你早已白雪皑皑

*

但凭一身磊落，任由生杀予夺，可惜一身过错

*

我今夜又去看海，看思念停未停摆，
海跟我不受理睬，瘦海鸥飞得很矮

*

你活着是杯热可可，脏兮兮裙子的皱褶

*

贪得无厌，是我呀

*

某一天你往我的粥里加了糖，冬至突然就自己翻到了惊蛰
某一年你给我的屋后松了土，余生突然就自己长满了旷野

*

我好不希望我们仅一片滩涂可有可无
我希望我们是真的存在哪怕泪眼模糊

*

是趟过绳索，才带满浆果，我去找你，你要见我

*

之前写过的，"浮世风吹，夏厌春追"的意思是
浮世的风吹来吹去，在这个夏天觉得厌恶了的东西
等到下一个春天又觉得怀念，想要再追回来
是一种很悲哀的心情

*
预料到后面会有无话可讲的可能
所以我尽量在每一刻，都把想要跟你讲的话讲完

*
我想一个人走走，我想一个人过一段真真正正快乐
并且誓不回头的日子，我想就此别过

*
其实也算是很漫长的一生，只是多数时候，都过不好它

*
渐渐地我好像什么烦恼都忘不掉了
它只要有一刻在那，它就永远在那

*
那段时间除了安稳，别的好像什么也没有得到
安稳也不是我想要的那种安稳，内心的平静没有
向外寻求的勇气也没有，日子就那样一无是处地让我过掉了
我其实对不起自己，也对不起所有别的对我抱期望的人

*

而黄昏，黄昏温暖如良臣

*

是今日站在窗前，又一次觉得世界很大
并且有一刻，在万千涌动的人群里，我只关爱自己

*

冬日午后的太阳，温馨中弥漫着寒冷
想不明白和想得明白的事情，好像同时都增加了
好像一无所获，又好像负负得正

*

少浪漫，多曲折，你以为的，你坚信的
大概率是，集市散后，满地鸡毛

*

等待我们最终相遇并且成为朋友的那天

*

失眠的夜里剥柚子

*

十一月，章鱼关闭内心，十月形成岛屿

*

其实我近视，坐在车窗边，根本看不清那些鸟
但我知道它们在盘旋，绕着海面盘旋，久久不离
你可以始终不出现，因为对我来说，有这样的一个冬天
就已经足够，何况我，我还能再等很多年

*

何为爱？爱是黄昏里的小熊，带来好多宝石

*

何为喜欢？他踩坏我的河岸，但却教会我爱

*

眼看他另起炉灶，跟别人说说笑笑
那么我呢，我喝一碗凉水，就走掉

*

对不起，每天都过得跟一条很丧很丧的大金毛一样

*

今天的天气依旧很好，但你不多受几次委屈
你就不知道什么是废墟

*

会有一天，思索全都，结为果实

*

再无聊的生活都不能，也不应使我厌弃
但放弃我，我会开心

*

我们不谈自洽，因为根本，自洽不了

*

不愿意跟人讨论人情世故，任何时候，跟任何人

*

早晨六点左右的时候，发现没有太阳
纵然我深知经历无意义，然而记忆却是一堵
十分真实的墙

*

从早起就开始清数那些一直沉在心底，却未能达成的心愿
它们没能见到光，也没能成为我，它们只是一些缩小了
一万倍的白色月亮，日日沉默寡言，日日思君不见

*

总是很容易就错过一个地方的雪，等看到的时候
只剩枯枝和昨天，昨天我忘记了要跟你们说再见了
但忘记了也就忘记了，忘记了，也就这样了吧

*

冬天呵冬天，被你捧在手上的冬天，橙子冰凉，发丝金黄

*

后面你越来越暗淡了，我跟别人说起你
就像是在炉火面前讲故事，在昏暗的屋子里
我越讲越困，越讲越困，我睡了，并且再也没有梦到你了

*

没有什么好解释的，如果非要解释的话
我说是我天性冷漠，可以吗

*

我们可以一起在长椅上坐坐，一起在公园里走走
但坐着的时候不要坐太近，走着的时候也不要互诉心事
因为我们是还要分开的，迟早都会分开
不要为了一时的亲近感，去换那种分开以后，长久的落寞
这种经验我一直都有
说出来，是希望你也能懂

*

不要同情旧日的自己，一切都是那个傻人该得的
你要做的只是心存侥幸，替他千倍万倍地，好好活着

*

你长大了，吃什么样的糖，能再开心起来

*

不甘心承认自己是个废物，又无法证明自己不是废物
所以就会越是在寒冬腊月的夜里，越是清醒得不行
心知肚明，并且年复一年

*

要感谢你啊，感谢你让冬天成为我的，一小杯糖水

*

其实很无力的是那种，来自亲近之人的不在乎
万物沉重，直压心上，还要自己如何在乎呢

*

是迟早都要穿越人群响亮的叫卖
得知不安才是人生常态

*

不要把咄咄逼人当优点
咄咄逼人，永远都不是优点

*

语言，总是在无力的同时有力
又在有力的同时无力，语言，橡皮泥制成的玩具家

*

节日的灯笼，好像已经在赶制了，几天后十二月份的到来
也将意味着一年十二个月的过去。今天，海边的芦苇
看起来并不悲凉，甚至还有一点，毛茸茸的慈祥
这样的一年，这样的生活，其实已经很好了
我对能够拥有这样的生活，感到心满意足

*

心有悬空的时候，有小鸟停在电线杆上，很无助的时候
风有停住的时候，有大风刮跑一个气球
所有人都看笑话的时候

*

如果找不到本质，那就流于表面
表面也很好，拿得起，不用放

*
我想你是享受这个过程的
你的内心跟你的表面是不一样的

*
每一个冬天都是如此，汽车左拐完
谁还记得谁，过完除夕，就再给陈旧的日子
泼上一桶红漆

*
长时间地发呆，看阴天里面长长的海岸
我没说话，但我知道你是我的一副，辘辘饥肠

*
尘世如此拥挤，我爱的是一具不死的肉体
上辈子是仇人的话，这辈子可不可以是恋人

*
辛苦也好，难过也罢，请你明白，并承受住

*
事事自知，不算白痴

*
傍晚六七点钟的样子，人生突然
散落一地，二十三岁的我恍若一根鸡毛
漫天大雪，我失重了

*
不相见的日子里，我梦见你，你梦见谁

*
存在于彼此身上轻微的厌恶感
很庆幸，彼此也都感受到了

*
最初没有荒原，相爱的人们，设法相爱，也设法成全

*

没有人知道我是谁
我也不太需要别人知道我是谁

*

对于这个世界很多不能扼制的悲痛，我们能做的
和我们做了的，其实只是说了很多，安慰自己的话

*

不怎么辛苦的一年也快要结束了
感受最多的是遗憾和后悔，我跟你
我们其实都不太好，我们把鞋走烂了
也没有找到那条我们心里想要走的路

*

没有心上人了，身处冬天，冬天就是我的心上人

*

过程弥漫而结局无存，一场雪寒，人生百年

*
晨光熹微，宏昼无果，心怀有事，岁末将至

*
这一年，你就当我终于解了遗憾的痒，终于无话可讲

*
他们的脸颊是田野里并排的两株绯红
他们只是站在那里，就布满整个尘世，哀哀的殊荣

*
烛火辉煌，我们的心脏埋在雪里，是很漂亮的橙子

*
命是冷漠，漠然者有力

*

是我让你觉得，失望透顶了吗

*

安静也有安静的好处吧
晴天屋顶的雪，从今日起，开始融化了

*

日复一日，年复一年
今时今日还做着，去年今日做着的事

*

喝了热茶，淋了雪
一觉醒来，知道自己还是活着的

*

是要等到春日夜晚
玉兰花再次开满整个城市海边道路的时候
他就回来了

十二月　说一声再见，并且知晓，一年将尽

*

一年过完，是会有墙角积霉

*

我会愿意被除夕夜窗外灿烂又锋利的烟花
烫断我的每一根头发，而你还在跟你身后的日子拉扯什么

*

破碗是破碗，月亮是月亮，破碗不要想太多

*

不说话，在自己孤独的生命里
解构一座又一座花园

*

太想试探了，忍不住，我就是这样失败的人

*

蚌壳身上雪，众生蒙昧年

*

存在于我们各自呼吸里的蓝色遗痕
夜深了，你带着心中的伤痛，对谁俯首称臣

*

万物疯狂且自大的时候
那个抱花的小孩子蹲下来，并且感受到了疼

*

年关将至时，一场大雪封路
人总是一边成长一边缺失的，最终就会长成锯齿

*

在一场大雪中，我们颠簸前行
无论时间怎样过，眼角始终都是有泪的
我始终觉得是自己比别人的感受多出来的
那一部分，构成我自己

*

人生归总，眼泪汹涌，你风情万种，旁人不懂

*

这么多年，孤陋寡闻，我一个人

*

冬天，冬天是昼短夜长，但苦短，好过苦长

*

该领悟的，早早领悟，晚一分钟，都是耽误

*

陷阱构成，狐狸奔涌，你没爱，所以目光炯炯

*

冬天，我想做路灯，一个人照亮一场，大雪纷飞

*

他摇摇头说错过了，很多都被你错过了

*

有一刻我很想问问你，这个世界上到底有没有
载满春日与樱花，去北极的火车，我想你应该不会知道
一个女孩子的心里，能有多少沟壑，又有多少忐忑
其实你知道的，加之你能做的，总是太少，并且少之又少

*

倘若知道你去了哪里，我想我也会连夜搬去
自知不能成为你的什么，只是想做一个第二天一早醒来
为你端去一碟子糖腌草莓的，赤诚的邻居

*

等到风换成北，花事更好，明年如此，再相逢

*

喝了口水被呛到，而一年已经过去了

*

冬日晴好，钟表转动，溢出时间
节日长在树上，是走丢小猫，挂在脖子上的铃铛

*

能够生活在一起，互为彼此之佳日

*

人生真的是很好啊，很好，没有任何不好不合理的地方
源源不断的日子奔涌进来
就觉得自己也不过是一只，温柔又绅士的小羊

*

看到今天那颓废辉煌简直如同
一个朝代的夕阳了吗，我把它当救赎

*

今时今日，立于此门，阳光普照，一个失意的人

*

其实内心远没有表面看起来那样兴奋
之所以说了那么多，是因为内心的冷淡在倒逼

*

与之相爱，终其一生只是成为一对平庸的恋人
这没什么难的

*

感受一年当中的最后一点点风声
感受完就变成一个全新的，但是更老的人

*

所有你提出来的，我都答应，至于我，你不用管了

*

他们把照片搬走了，屋子就空了
十块钱的石膏像，五块钱的葡萄串
可能昨夜里为你号啕大哭完那两次
你就真的，什么都不再算

*

是因为这个世界有重力，所以堕落才如此容易吗

*

不想花时间，不想费心力，万物有缘，随即随转

*

我就站在这里，面对你，不知道还可以付出什么，给你

*

我有一个很庸俗的愿望，就是希望自己爱的人能够寿命长
长到我能够报答，世界上的很多遗憾和痛苦，我都能够忍受
疾病或者挫折，我也都愿意接受，一切发生在我身上的我都
愿意，只要我爱的人寿命长，长到我能够报答

*

月黑风高，蟾蜍饮酒

*

阿湛是谁，阿湛也许只是一只肥肥的
喜欢看落日的田鼠吧

*

你无数的生前皆有生前，我唯一的屋檐没有屋檐
你是我等了很久很久的新年，但我是我自己揭不下的楹联

*

过完这个冬天又要老一岁，却不知道做什么可以真真切切地
填补自己，第一次来这个世界，也是最后一次
很难过自己每天都在想很多，希望早点没心没肺

*

事实就是，没什么可以倚靠，你累了，也就只是在那站着
来来往往，万千人物，没有一个人愿意，并且能够把你托住
所以你不光累，而且孤独

*

夕阳落入双眼，你在茫茫人海

*

古语立冬落雨会烂冬，吃得柴尽米粮空
朔风起，寒雾至，立冬日，思念惶惶，不可终

*

在我这里没有有趣的灵魂，有的只是在看透后失去救赎
并一次次尝试破罐子破摔的灵魂，在我这里它不是有趣
而是一种滑稽的悲凉

*

我不会一直都在的，就像有些事已经发生过了
而你也永远都不需要知道了

*

可能以后都不会再有什么花好月圆了
什么都是虚的，唯有再见不是，再见

*

情意下过多年，已非彼雨之中

*

想起十月，一堆烂掉了的，被人厌弃的果子

*

偶尔很懵，偶尔死撑，偶尔偶尔，一声不吭

*

雪夜坐在长椅上，我们似乎什么都失去了
没有过去，没有未来，拥抱的时候我们有钟表和玫瑰
离开的时候，世界轰然，只剩一声叹息

*

我始终以我狭隘的理解方式来理解这个世界，我理解错了

*

你也是我的小松鼠，记得好好过冬

*

风衣坏了，不代表秋天坏了
北京时间早晨七点零五分，我是你戴在左手的时间

*

往事去了哪里，或许只有等我们这些人也一桩桩一件件
成了往事，才有可能知道，而非一定知道

*

我应是贱民吧，是瘸腿的武士，是没家的小猫
是随意丢弃的，不被收下的花，是穿越回来的
没有脑子的人

*

灯光突然亮起，我心缩成蚂蚁
这一生渺小，本不该有你

*

春山从未有恨，从来孑然一身

*

我梦绝于今冬，大地铺满黄铜，等待瘦弱孩童

*

偶尔，地狱也发出香芋紫的幻影，恍惚、疲倦

*

我想我是个凡人，我能够拥有的最大的权利，就是失意

*

我是一个多么无用且坏的人
你走了，我就又开始准备好怀念

*

一旦有了悸动，心中就满怀苦痛

*

十二月中旬，上帝从不厚此薄彼，只是随机

*

什么都别给我，你只是让我死心
就是给我，最好的礼物

*

你是来寻找清醒，那些风花雪月，大多可以忽略

*

曾是新欢，曾被喜欢，世无永火，你亦非烬

*

寒冬腊月，你是比好天气，还要难等

*

因为一切都是我自己在用心感受着的
所以几乎所有事情我都不相信别人，我只相信自己

*

十二月的橘子烂透了
心里却还住着一个，想去看看春天的人

*

小绵，天空是灰的，湖水是硬的
大雪封山时，你站在幽蓝的松树林子里，是让人心疼的

*

他日我再变回石头，而你来看我，依旧是个孩子

*

同时原谅身体里的胆汁、老鼠和月亮
十二月，万人风雪中跪地，假设你会回来

*

时间一定是要被浪费掉的，浪费掉才有可能变成记忆
房屋以及戒指，所以感谢你，感谢你与我一起挥霍
并且享受时间，做我古老宫殿里被神簇拥的，花与蜜蜂

*

在一个热衷煽情的世界里
始终只有一点可控范围内的伤心
这是你的荣誉

*

逃离生天，一个只有在梦中才会出现的词语
所有的事情都好像是，越难过，才会越兴奋

*

勇气来自微末，在被过路之人厚厚的靴子
踩过之后，也会渴望融化为，一摊脏雪

*

眼泪摔落在地上，门槛就在他身后
人间烟火，香气十足，他却再也无路了

*

十二月的梦境比现实舒服，上帝归还给我，失散的人们

*

你身处不必要的沉沦，是一个竹篮打水的人

*

其实他也有一个名字，只不过很久没有人叫
大家都忘了，到现在我也不确定，没有人的时候
他会不会突然想起自己的名字，可能他匆匆过了一生
一直都以为自己是个没名字的人，而这就是他的命运

*

你跟别人不一样，一无所有时，你有格局

*

虽然这里的黑夜总是会为黎明晃动
但并非每一次的注视，都将沉默长久

*

第一声啼哭是错误的啼哭
因为它出现在它不该出现的时空
第一次微笑是错误的微笑
因为它给了一个没人看见的黄昏

*

山被坐坏盆骨，水被捋坏头发
我会希冀复活，但却不必是我

*

此刻是谁歌唱，歌声毫不在乎

*

冬天应该就是在这一天，开始走向春天的
这一天我突然能够同时感受到，人生的舒适与悲伤
我觉得有一种东西是已经准备好，要来解救我了

*

她的心驾上了马车，已是追不回了

*

本来就是啊，苦一时没什么，苦一世也很正常

*

今天，空气里的青瓜糖的味道，被无常带走的很多人

*

我很聪明，当时我就知道那种快乐
千军万马也难相抵，这辈子碰不上第二次
下辈子也难，我想留没留住，但我不后悔

*

隙有微光，万事逢生，冬至日，人不卑

*

情绪难解，你也不行

*

心虚就会想要说很多话，说很多没用但都可引申为刺探的话
活着是为了摆脱心虚，然而心虚是一种天然的存在

*

你看，我们刚刚想要拥抱，心脏就开始顺着梯子滑落
有什么办法呢，什么办法都没有

*

新年快乐，但无非是拥有，更新的忐忑

*

是人赋予普通日子意义，也唯有人需要这份意义
人是一种多么需要仪式感的生物
没有了仪式感和期待，人还怎么活

*

与很多种痛苦相契合，如今的自己，也算过得很好

*

看惯了一个人的眉眼，然后就这么多年，居无定所

*

就是这样的一个冬天，人们的灵魂冒着热气
如同刚刚烤好的红薯般
我看到你，跟你打了个招呼
低下头，就觉得自己心里也是甜的

*

眼泪尚在，吱嘎作响，但语言掉进地里，讲都没讲

*

日子沁人心脾，愿对所有美好事物，俯首称臣

*

小鸟没有家，暮色不是家

*

年末了，诸事沉底，突然开始，想爱自己

*

有赖今生，群山仰望，君恩怜我

*

……于是就想说，浮世三千，阿湛两千

*

雪后新空，我好像很喜欢看的样子
这一年就这样过去了吧，明年应该会好

*

你是身在局里的人，岂可看清身在局里的事

*

其实所谓的臭鱼烂虾，也不是一开始就是臭鱼烂虾
是因为被捞上来，放在那儿没人要
所以才成为了臭鱼乱虾，像极了有些人的人生

*

守得云开见月明，这句话可信吗

*

后来痛苦不记得了，快乐也不记得
那些希望被记住的，只有忘掉才算不辱使命

*

说一声再见，并且知晓，一年将尽

ISBN 978-7-5533-3292-5

9 787553 332925 >

定价：38.00 元